Date: 11/14/18

Neptuno

Kate Riggs

CREATIVE EDUCATION
CREATIVE PAPERBACKS

semillas del saber

Publicado por Creative Education y Creative Paperbacks
P.O. Box 227, Mankato, Minnesota 56002
Creative Education y Creative Paperbacks
son marcas editoriales de The Creative Company
www.thecreativecompany.us

Diseño de Ellen Huber; producción de Joe Kahnke
Dirección de arte de Rita Marshall
Impreso en los Estados Unidos de América
Traducción de Victory Productions, www.victoryprd.com

Fotografías de Alamy (Peter Horree), Black Cat Studios (RON
MILLER), Corbis (Mark Garlick Words & Pictures Ltd/Science
Photos Library), Getty Images (DETLEV VAN RAVENSWAAY/
SCIENCE PHOTO LIBRARY, Jason Reed, Stocktrek), NASA (NASA/
JPL), Science Source (Richard Bizley, John R. Foster, David Hardy),
Shutterstock (Diego Barucco, Here, Tristan3D)

Información del Catálogo de publicaciones de la Biblioteca
del Congreso is available under PCN 2017935806.
ISBN 978-1-60818-951-9 (library binding)

9 8 7 6 5 4 3 2 1

TABLA DE CONTENIDO

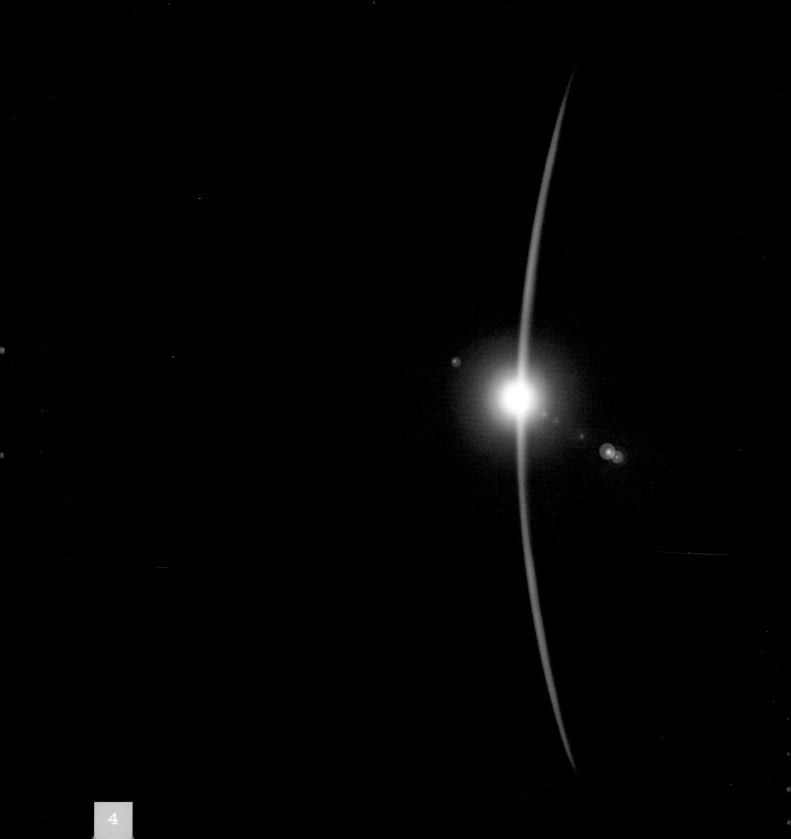

¡Hola, Neptuno!

Neptuno es el octavo planeta desde el Sol. Neptuno tiene un color azul brillante y es frío. Allá hay mucho viento y hielo.

Los vientos en Neptuno son fuertes. ¡Son nueve veces más fuertes que los de la Tierra!

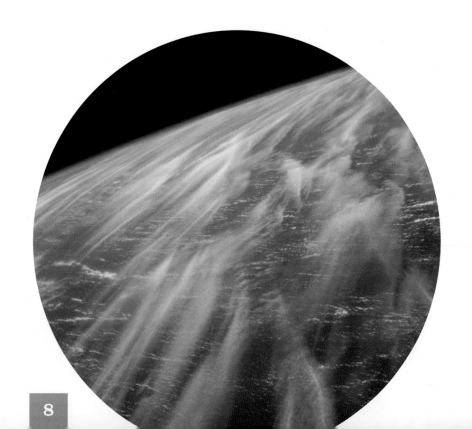

Seis anillos de
polvo rodean
a Neptuno. Son
difíciles de ver.

Trece lunas dan vueltas alrededor de Neptuno. La más grande se llama Tritón. Tal vez halla una catorceava luna. Fue vista por primera vez en el 2013.

Neptuno tarda casi 165 años en hacer una órbita alrededor del Sol.

Neptuno es el último planeta de nuestro sistema solar.

Los astrónomos estudian los planetas.

Ellos descubrieron
a Neptuno en 1846.
El nombre de Neptuno
viene de una antigua
historia sobre el dios
del mar.

Los gases giran con fuerza. Los vientos empujan las nubes a través del planeta.

Hay oscuridad en todas partes.

¡Adiós, Neptuno!

Imágenes de Neptuno

atmósfera

Gran Mancha Oscura

anillos

nubes

Tritón

dios: un ser que se pensaba que tenía poderes especiales y controlaba el mundo

órbita: movimiento de un planeta, una luna, u otro objeto alrededor de otra cosa en el espacio exterior

planeta: un objeto redondeado que se mueve alrededor de una estrella

sistema solar: el Sol, los planetas, y sus lunas

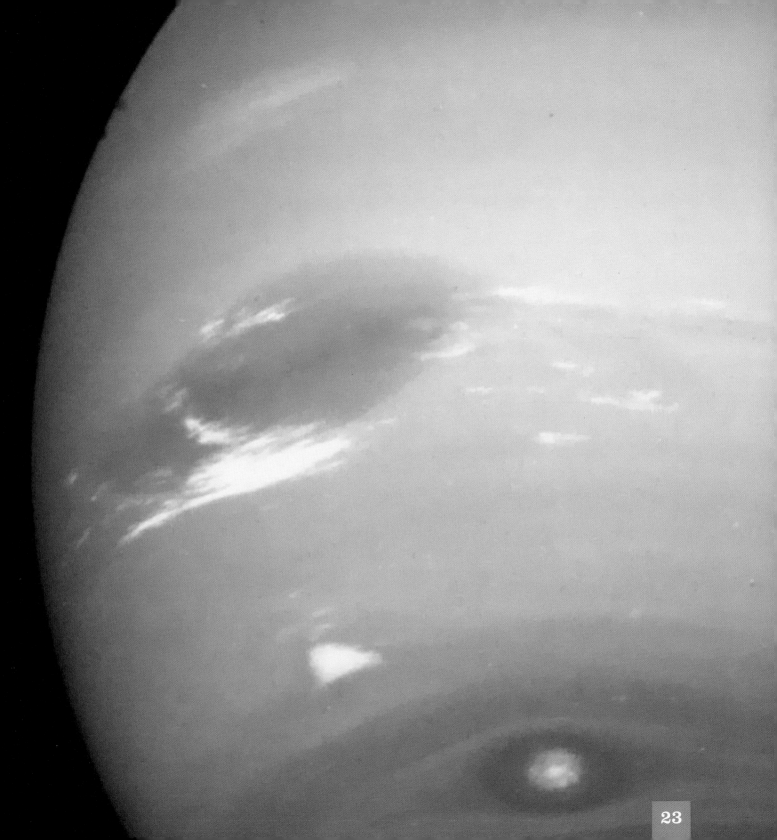

23

Índice

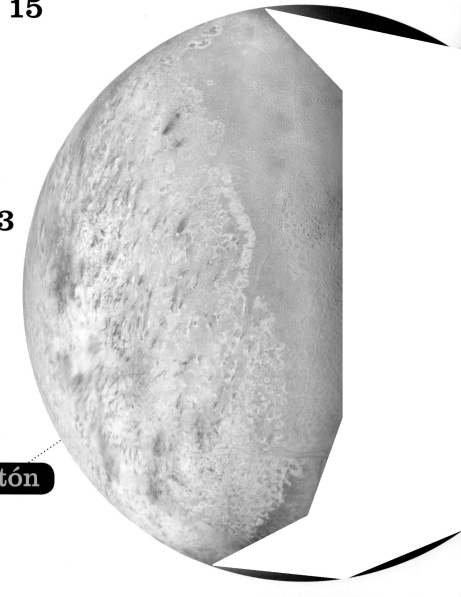

Tritón